Die Stadt

Tobias Bischoff

Die Stadt

Eine Schwarzromantische Erzählung in 4 Briefen

Bibliografische Information der Deutschen Nationalbibliothek:
Die Deutsche Nationalbibliothek verzeichnet diese Publikation in der Deutschen
Nationalbibliografie; detaillierte bibliografische Daten sind im Internet
über http://dnb.d-nb.de abrufbar

Herstellung und Verlag: BoD™ - Books on Demand, Norderstedt

ISBN: 9783848206308

Inhaltsverzeichnis

„Ich bin das, was ich scheine, und scheine das nicht, was ich bin, mir selbst ein unerklärlich Rätsel, bin ich entzweit mit meinem Ich!"
E.T.A. Hoffmann (1776 - 1822) in "Die Elixiere des Teufels"

Widmung

Widmen möchte ich diese Erzählung jenen beiden Personen, die mich maßgeblich dazu inspiriert haben, beziehungsweise durch die ich die Inspiration für diese Erzählung gefunden habe, Summa Summarum eher durch Passiv eingetretene Ereignisse, jedoch auch in gewisser Hinsicht durch aktiv oder halb-aktiv verursachte Geschehenisse (aus meiner Sicht der Dinge heraus).

In diesem Sinne widme ich diese Erzählung Nati und Julia, für alles, was da war, für jeden schönen Moment, der war, sowie für die Inspiration.

Des Weiteren möchte ich diese Erzählung all den verlorenen Seelen widmen, die es dort draußen in dieser Welt gibt.

Ich weiß, wie ihr euch fühlt.
Diese Geschichte ist für euch.

Die Stadt

⁓

Erster Brief

An meine Herzallerliebste,

wenn du diese Worte liest, ist dies ein Zeichen, dass ich noch immer da bin, auch wenn dies nicht so scheint. Irgendetwas ist noch immer da, trotz allem was mir widerfahren. Nun sei jedoch nicht schockiert, wenn ich beginne dir zu erzählen, was geschehen ist, wo ich endete als ich mich verlief, welch seltsamen Ort ich betrat und seither nicht mehr verließ. Doch in der Mitte der Geschichte zu beginnen scheint mir nicht recht, so dass ich dir alles vom Beginn an erzählen möchte, alles was geschah seit wir uns zuletzt gesehen haben.

Weißt du noch, wie es war? Es war nachts, es war kühl, doch nicht zu kühl. Es war sternenklar, ich weiß noch genau, wie ich zum Himmel hinauf blickte, eine Sternschnuppe sah und in Gedanken meinen einzigen Wunsch äußerte. Wenn du diese Zeilen liest, hast du vermutlich längst verstanden, was dieser eine Wunsch war, der in dieser Nacht so schwer auf mein Herz drückte. Wie ich selbst vor nicht allzu vielen Momentan verstehen musste, dass dieser Wunsch noch immer in mir lebt und gedeiht. Du warst immer die Person, bei der mein Herz Ruhe fand und bei der ich mich am wohlsten fühlte. Doch dieser Abend war anderes. Du schienst mir so kalt, so fern, als wäre das alles, was ich bisher gehofft falsch und verloren wär. In dieser Nacht hab ich mich verlaufen. Ich wollte doch nur zu dir, ich wollte dich doch nur erreichen, doch kam ich nimmer bei dir an. Stattdessen verlief ich mich. Mit jedem Schritt, den ich ging, verließ ich bekannte Wege, und selbst wenn ich versuchte zurückzugehen, endete ich an einem neuen, fremden Ort.

Doch sie schienen mir zunächst nicht grässlich. Ich wanderte über dunkle verträumte Wiesen, den Himmel und die Sterne stets im Blick, den Gedanken im Herzen, dass sie mich zu dir leiten, doch irgendwann verblassten sie, bis sie schließlich gänzlich vom Himmel verschwanden, jedoch nicht, als wenn sich eine Wolke vor sie schiebt, nein, es war, als wären sie verloschen, als hätte sie eine düstre Macht ganz und gar verschluckt um sie in ein reines und makelloses, doch schreckliches Schwarz zu verwandeln. Nicht einmal der Mond war noch zu sehen. Doch während ich meinen Blick dem Himmel zugewandt hatte und deswegen nicht auf den vor mir liegenden Weg achten konnte, musste ich mich endgültig verirrt haben. Anstelle einer weiten, offenen Wiese sah ich, wenn ich umherblickte, dunkle Hecken, die mir nur einen schmalen Weg zu Verfügung gaben, mich jedoch immer wieder vor Kreuzung stehen ließen. Verwundert stellte ich auch fest, dass hinter mir ein sehr verwinkelter Gang lag, obwohl ich bis heute sicher bin, dass ich nur gerade aus ging.

Wie du nun sicherlich schon erkannt hast, befand ich mich mitten in einem Heckenlabyrinth, umgeben von diesen seltsam dunklen Büschen, unfähig einen Ausweg zu finden und kein Licht vor Augen. Ich weiß nicht, wie lang ich dort herum irrte, es können Minuten gewesen sein, aber auch ein halber Tag. Die Zeit in ihrer Verschlagenheit spielte seine Spielchen mit mir, floss träge dahin nur um später, als mich die Panik packte, zu rennen und sich nahezu zu überschlagen. Ich erkannte schnell, dass ich lange jede Orientierung verloren hatte. Dies lag jedoch nicht an mir. Es gab keinerlei Fixpunkte, an denen ich mich hätte orientieren können. Die Hecken sahen an jedem Punkt gleich aus, nun wirst du protestieren wollen, weißt du doch um die Individualität einer jeder Pflanze. Doch in diesem Fall traf dies nicht zu, wenn ich mir die Hecke, dieses Teufelsgewächs, wie es mir nun schien, ansah, war es an nahezu jeder Stelle gleich und trug ein Muster, das, je genauer ich es mir anschaute, so hypnotisierender wirkte es auf mich, so dass es mich so irritierte, dass ich viele Meter ging ohne zu wissen was ich tat. Du sahst, es schien keinen Ausweg zu geben, denn es gab soviel, was mich irritierte, und doch nirgends etwas, was markant

genug war, um als Spur, als Fixpunkt für einen Weg
hinaus zu gelten.

Mir kam in den Sinn, dass ich mich in diesem
Labyrinth verlief, so wie ich mich einst in dir verlief,
in deinen Augen. Wenn ich so in Gedanken
zurückblicke, waren es vor allem deine Augen in
denen ich mich verlor, damals, unter sternenklarem
Himmel, in dieser Nacht, als du mich ansahst, und
heute weiß ich ganz genau, dass ich etwas hätte tun
sollen, aber ich tat nichts, der Moment, er war da, ich
nutzte ihn nicht, hätte ich es getan, hätte er mir wohl
möglich diese Odyssee erspart. Jedoch war es ab dieser
Stunde eine Sehnsucht, eine tiefe Zuneigung und die
Hoffnung, die mich fing und bis heute gefangen hält.

Mit diesen Gedanken im Kopf fragte ich mich
nun, ob ich in diesem Labyrinth nicht nach einem
Ausweg, sondern nach dir suche. Oder vielleicht sogar
nach etwas anderem? Dann, plötzlich, vernahm ich
etwas. Es war wie ein rufen, ein verlockendes Singen
wie das einer Sirene, zunächst fühlte ich, es käme aus
einem Punkt tief in mir, doch dann erkannte ich die
Richtung, aus der es kam, und fühlte nun den Weg,
den ich gehen musste. Ich rannte, und ich verstand
nicht, warum, aber es zog mich mit voller Sehnsucht
diesen Weg entlang, ich konnte mich diesem Klang
nicht erwehren, der so tief aus meiner Seele heran

zuwachsen schien. Nach einiger Zeit des Rennens, um Pfade, über Kreuzungen und um Kurven, fand ich mich nun an einem anderen fremden Ort wieder, in einer Stadt, hinter Mauern, als wäre hinter mir niemals ein Labyrinth gewesen.

Es war noch immer dunkel und schwarz wie die Federn einer Krähe in der Nacht, doch erkannte ich die Häuser dieser Stadt klar und deutlich. Sie sahen alle gleich aus, so fremdartig und bedrohlich, und dabei doch so freundlich und bekannt wirkend. Nur ein Gebäude unterschied sich, ein hoher Turm, womöglich ein Glockenturm, der im Zentrum der Stadt stand und hoch über die Dächer der Häuser ragte und über sie zu wachen schien. Irgendetwas ganz tief in mir sagte mir nun, dass dieser Turm mein Ziel ist und dass das Singen und das Rufen von dort kamen.

So machte ich mich auf den Weg durch die Gassen dieser Stadt. Mich wunderte, dass ich mich nicht verlief, alle Gassen sahen gleich aus und wirkten auf mich wie ein Labyrinth. Dennoch konnte ich die Straßen nicht ruhig und besonnen entlang gehen, denn ich hatte das Gefühl, vor irgendetwas auf der Flucht zu sein, immer wieder wandte ich mich um, weil ich dachte aus dem Augenwinkel einen Schatten gesehen zu haben, doch dort war nie etwas. Überhaupt schien mir diese Stadt so unbelebt wie sonst keine, niemand war auf den Straßen. Du wirst jetzt den Einwand haben, dass Nachts natürlich niemand auf der Straße sei, aber glaube mir, trotzdem war es zu still und zu ruhig, dieser Ort erschien mir so, als würden sich nicht einmal die übelsten Gesellen und Ganoven unserer Zeit zusammen und mit Rückendeckung diesen Ort freiwillig hierher trauen.

Ich versuchte mich abzulenken und dachte an dich. Mein Herz füllte sich unmittelbar mit Sehnsucht, und ich fragte mich, ob ich dich wirklich schon verloren hatte, und wenn ja, wann ich dich verloren hatte, und ob ich mich nun verlieren würde. Meine Augen fühlten sich mit Tränen, doch ich unterdrückte sie, denn dieser Ort schien mir nicht der richtige dafür zu sein, stehen zu bleiben, zu weinen und zu trauern. Doch plötzlich schien mir das Rufen lauter zu werden, und das Singen, es kam mir vor, als müsste ich den Turm zügig und mit allen Mitteln erreichen, denn dort würde warten, was ich verlange, dort würde mich der Frieden und du ereilen und ich würde endlich glücklich werden!

Nun musste ich wieder rennen. Ich konnte nicht anders. Es zog mich nun und wie von Sinnen war ich. Dann endlich sah ich den Turm näher kommen, die Zeit verlief wieder so tückisch wie sie nun einmal war, mir schien es, als wär ich nur Sekunden unterwegs gewesen und hätte doch Jahrtausende lang gesucht, doch nun schien es mir, als flöge ich, mein Herz schwebte, bis ich plötzlich – in mir! - einen Schatten der Befürchtung fühlte, der sich über mich drückte, aber ich ignorierte in und rannte, nein, flog zur Pforte, die schon offen stand, wie Arme, zur Umarmung bereit, als würde man mich bereits freudig erwarten. Tränen flossen erneut aus meinen Augen. Ich dachte, es wären Tränen der Freude.

Heute weiß ich, sie entsprangen nicht der Freude, sondern der Befürchtung, die sich leider bald erfüllen und sich als wahr herausstellen sollte. Aufgeregt, wie ich war, rannte ich nun durch die Pforte in den Turm, und sah eine von angenehmen warmen Licht erhellte Stube, sie war warm und gemütlich, nicht so kalt und schwarz wie der Weg, den ich hinter mir hatte, aber sie war leer. Niemand war da. Du warst nicht da. Enttäuschung füllte mein Herz, die Tränen, die ich vor kurzem noch als Symbol der Freude deutete, flossen nun schneller und schneller mein Gesicht hinab. Der Schatten, der vorher die Befürchtung war, verdichtete sich nun und legte sich schwer wie ein Stein über mein Herz. Ich schloss die Pforte. Ich wollte nun alleine sein. Ich sank auf einen Sessel, der unweit der Pforte und eines Kamins stand, und weinte.

Ich weiß nicht, wie lange, doch irgendwann beruhigte ich mich und mein Blick fiel auf ein kleines Tischen, auf dem Papier und eine Feder bereit lagen. Ich beschloss nun, dir diesen Brief zu schreiben, und hoffe, dass dich dieser Worte erreichen oder eben erreicht haben. Sorge dich nicht, ich bin in Sicherheit, ich habe hier in der warmen Stube des Turms mein Nachtlager aufschlagen. Morgen im hellen Tageslicht werde ich ihn und die Stadt ausgiebig erkunden und mir einen Heimweg zu dir erfragen.

Halte Ausschau, ich komme bald heim!

In Liebe, dein
    Cidhas

Die Stadt

~

Zweiter Brief

An meine Herzallerliebste,

hätte ich es doch nur geahnt, was geschehen wird.
Hätte es doch nur eine innere Stimme, die mich
gewarnt hätte, die mich gehindert hätte, dann wäre
ich nun sicher, vielleicht, doch scheints mir nicht klar,
ob es eine Macht auf dieser Welt und auf allen Welten
gibt, die befähigt gewesen wär, mich zu schützen. Ich
erinnere mich noch immer daran, wie es war, meine
Seele war so leer, so kalt, und auf der Suche, dann sah
ich dich, wie aus dem Nichts warst du da, und ich
war verloren in deiner Gestalt, und bin es noch immer.
Deine Gestalt war mir Hoffnung in der Nacht, so oft,
aber so oft hast du mich mit bitter-süßer Sehnsucht
geschlagen hinterlassen, Tantalusqualen leidend und
dein Bild vor Augen. So auch in jener Nacht, als ich
mich verirrte.

Es ist einige Zeit vergangen seit meinem
letzten Brief, und was bisher wie ein Albtraum schien,
von dem einen das Erwachen erlöst, verdichtete
seinen Schatten und seine Gräuel immer weiter. Du
erinnerst dich sicherlich, dass ich mich in der Stube
dieses Turms wiederfand, von der ich heute weiß, dass
sie wohl der einzige Ort in dieser Stadt ist, an dem
einen das wärmende Feuer eines Kamins begrüßt.
Wie du in meinem letzten Brief erfahren hast, schien
mir diese Stube recht gemütlich, und ich beschloss,

dort zu nächtigen. Der Sessel, in dem ich saß, war bequem, und schien mir warm und sicher. Ich kauerte mich zum Schlafen auf ihn zusammen, nach dem ich unweit eine Decke gefunden hatte, die mich nun, neben dem leisen Feuer des Kamins, wärmen sollte.

Sicherlich, ich war müde, aber es dauerte Ewigkeiten, bis ich in den Schlaf fand. Du weißt, Nachts verläuft die Zeit recht tückisch, sie fließt träge und langsam voran, als wäre sie ein Tropfen Pech, der Monate braucht um von einem Trichter zu fallen. Mein Herz und mein Kopf waren schwer mit deinem Bild und den Geschehnissen um deine Gestalt geplagt. Wieder flossen Tränen mein Gesicht herab, jedoch leise dieses mal, so dass die Emotion langsam entrinnen konnte, und ich mich in einem ruhigen Schlaf wieder fand.

Es verwunderte mich, wie erholend und ruhig ich schlief, hätte ich doch Albträume oder zumindest mich mit Sehnsucht quälende Träume von dir erwartet, doch nichts dergleichen erfuhr ich. Ich frage mich noch immer, ob es was zu bedeuten hatte, ob es eine Vorwarnung war, sozusagen die Ruhe vor dem Sturm, weiß ich doch heute, was mir noch blühte. Doch noch etwas war seltsam: Ich war mir sicher, mehrere Stunden geschlafen zu haben, doch draußen war es noch immer dunkel, und nicht nur das, zur

Dunkelheit gesellte sich ein dichter Nebel. Ich sah mich um, ich suchte regelrecht, doch nirgends fand ich in der Stube eine Uhr, ich durchsuchte alle Kästen und Schatullen, doch dort war keine Taschenuhr und nichts zu finden. Sie waren leer, und dies überraschte mich.

Doch erneut geschah mir etwas seltsames. Ich hörte erneut eine Stimme, dieselbe Stimme, die ich bereits am Vorabend vernahm, diesmal jedoch nicht rufend, nein, leise und verlockend wispernd. Ich wandte mich verwundert und erschrocken um, doch nirgends war jemand zu sehen, ich war allein, und ich konnte den Quell dieser Stimme nicht erahnen. Die Botschaft verstand ich wohl: „Dies ist ein Glockenturm... Ein Glockenturm... Eine Uhr trägt er mit der Zeiten Last schwer unter seiner Spitze... komm nur heraus... finde dich in der Zeit...", wisperte es unaufhörlich und immer wieder, es machte mich schaudern, doch es schien mir recht und gut und damals auch vernünftig, und ich folgte, betört, dem geflüsterten Befehl, und verließ die Stube. Oh wäre ich doch nicht so folgsam gewesen, hätte mich nur irgendwer gehindert, dies zu tun, der Stimme zu Folgen, es wär mir viel erspart geblieben.

Ich verließ also nun die Stube, doch was ich nicht bedachte, war, dass die Pforte des Turms unmittelbar hinter mir in ihr Schloss fiel. Ich erschrak, und unmittelbar versuchte ich die Tür erneut zu öffnen, jedoch vergebens. Sie war zu gesperrt. Ich fluchte einen Augenblick, dass ich nicht aufgepasst hatte, doch dann besann ich mich auf den Grund, wegen dem ich hinausging. Ich schaute hinauf. Weiß. Keine fünf Meter Sicht. Der gottverdammte Nebel, auch ihn hatte ich vergessen. Ich war einen Moment beeindruckt, den so stark weiß hätte ich nimmer einen Nebel mitten in der dunklen Nacht erwartet. Oder war nun doch schon Tag? Mir dämmerte, dass die Zeit ein makaberes Spiel mit mir trieb. Ich fühlte mich wie ein Zeitreisender, der auf einem Floss mitten im Strom der Zeit hockte und mal an diese, mal an jene Küste angeschwemmt wird, der aber auf jeden Fall Orientierungslos war.

Ich war irritiert, und ich war planlos. Doch dann fiel mir ein: Dies ist eine Stadt, hier sind hunderte andere Häuser, irgendeines wird mir wohl Unterschlupf bieten können. Oh ich war dumm damals, und ich war naiv, so naiv, so naiv wie ich war, als ich mich in dienen Augen verirrte. Ach, ich kann sie nimmer vergessen, so wie ich meine Pein nie vergessen werde, denn ich habe es verlernt, habe vergessen, wie man vergisst. Nun stauen sich all die quälenden Erinnerungen, und das Wissen schmerzhaft in meinem Kopf, und ich will schreien, will Stille, will dass der Chor verstummt, der mich mit seinen Gesängen plagt.

Ich irrte nun in dieser Stadt herum, von Haus zu Haus, von Tür zu Tür, klopfte an jeder, vernahm nichts, versuchte jede zu öffnen, doch jede war versperrt. Wieder verging die Zeit tückisch, es kam mir vor, als würden Tage vergehen, und Sonne und Mond im Minutentakt wechseln, obgleich ich beide nie zu Gesicht bekam, denn der tiefweiße, dennoch düstere Nebel verzog sich nie. Irgendwann sah ich dann diese Hütte. Du erinnerst dich, dass ich beschrieb, dass jedes Gebäude dieser Stadt, mit Ausnahme jenes Glockenturms, der noch eine so große Rolle spielen wird, genau gleich aussah. So war auch diese Hütte. Wie jedes andere Haus dieser Stadt gebaut, und dennoch... Irgendetwas war anders an ihr. Wieder vernahm ich es erneut, diese Stimme, dieses Rufen, dass mir befahl, zu dieser Hütte zu gehen, und wieder konnte ich nicht widerstehen.

Ich ging zur Tür der Hütte. Sie wirkte wie aus schwerem schwarzen Holz, hart mit Eisen beschlagen, sie wirkte bedrohlich, und dennoch so verlockend, wie etwas geheimnisvolles, zu dem einen seit jeher der Zutritt verwehrt blieb, bis die Neugier überhand nimmt und man sich über alle Verbote hinwegsetzt. Hätte ich es doch nur besser gewusst.

Ich klopfte. Und ich wartete auf ein Rufen aus dem inneren, dass mich herein bat. Ich dachte mir, mich begleitet doch ohnehin immer ein Rufen und ein Wispern in dieser Stadt, warum sollte nun Stille herrschen? Doch es blieb still. Kein Ton, kein Rufen, kein Wispern. Nun war mir klar, ich musste sie selber öffnen. Ich versuchte dies. Ich umschloss die schwere, eiserne Klinke mit der Hand, verwundert, dass schon dies ein unheimlicher Kraft der Akt und der Überwindung war, drückte diese hinunter und öffnete mit aller Kraft diese Tür. Mich verwunderte, was ich auf der anderen Seite sah.

Ich sah zertrümmerte Möbel, Tische, Stühle, Bänke, Sessel, und ich sah Staub, der sich Zentimeter dick überall niederschlug. Und ich sah ein seltsames schwarzes Unkraut, das überall blühte und gediehte und alles überwucherte. Und eine Treppe, die überraschend unversehrt und filigran, dennoch bedrohlich dunkel gestaltet war, und doch überwuchert von diesem Kraut. Ich ging einige Schritte in den Raum hinein, ging in die Hocke, um eine Blüte von diesem Gewächs zu mustern. Die war schwarz und grau und silbern, alles in allem jedoch düster, dabei aber war die Blüte kunstvoll und wunderschön gewachsen, so viel schöner noch als die einer Rose. Sie fing mich regelrecht ein, sie faszinierte mich. Und dann erschrak ich.

Wieder vernahm ich diese Stimme, doch so nah, so klar, wie niemals zu vor. „Es ist eine Weile her, seitdem jemand an diesem Ort war, so vieles ist geschehen, so vieles blieb unberührt, so vieles war Dünger für dieses Unkraut, dass hier frei und ungestört hatte wuchern können." Nun konnte ich erstmals die Quelle dieser Stimme aufspüren. Ich sprang auf und wandte mich um, und erblickte einen düster und irgendwie wild, dennoch elegant und gefasst wirkenden jungen Mann. Verwundert konnte ich keine Frage mehr zurückhalten, es brach aus mir heraus, wer er sei wollte ich wissen, was dies für ein Ort sei und wo der Weg hinaus ist. Die Antwort verblüffte mich. „Du solltest es wissen.", sagte er mir.

Ich musterte ihn verdutzt. Sollte ich ihn kennen? Nun, bekannt kam er mir vor, Nur ich wusste nicht, wieso... wieder spielte mir die Zeit einen Streich, es kommt mir vor, als hätte ich ihn stundenlang gemustert, als wär ich in Gedanken versunken gewesen. Plötzlich lächelte die Gestalt ein finsteres, gar böses Lächeln, eines, das mich schaudern ließ. Irgendetwas weckte Angst in mir, und ich verspürte einen Impuls in meinem Kopf, ja, in meinem Herzen: Lauf. Aber wohin? Ich blickte mich um. Die Tür war versperrt, die Fenster schienen stabil, sie waren geschlossen, keine zeit sie zu öffnen. Panik machte sich breit. Und immer noch dieses Lächeln! Lauf. Egal wohin! Die Treppe! Flucht in den Keller! Ich sprintete los, so schnell ich konnte rannte ich die Treppe runter, aber ach! Ich hatte dieses Kraut vergessen, das auch dort wucherte. Es schien mir so, als würde die Pflanze selbsttätig und in böser Absicht eine Ranke heben, und ich fiel. Ich weiß nicht, wie lange. Zu der tückischen Zeit, die wohl in diesen Breiten herrschte, gesellte sich ein sadistischer Raum, der sich auf makabere Weise auszudehnen schien, so dass es mir vor kam, als würde ich diese Treppe hunderte Meter in die Tiefe stürzen.

Schließlich prallte ich auf einen harten, steinernen Boden auf. Mir schmerzte alles, der Körper, der Kopf, der Verstand, das Herz. Ich blieb zunächst liegen, ich weiß nicht wie lange. Wieder musste ich an dich denken, wieder wünschte ich, dies wäre nur ein grauenhafter Albtraum und ich würde sehr bald an deiner Seite aufwachen, du würdest mir sagen, alles wäre gut, würdest mir deine Wärme und Nähe schenken, und würdest die aufgebrachte Seele beruhigen. Doch es kam kein Erwachen. Eine Träne rollte mein Gesicht hinab, wusste ich doch, dass es viel mehr die Vorstellung deiner Nähe ein Traum war, und dass diese makabere Welt in all ihrer Dunkelheit und Kühle realer war als alles.

Schlagartig kam dann aber das Erwachen, denn schlagartig kam das Wissen zurück, dass ich verfolgt wurde, oder zumindest glaubte, verfolgt zu werden. Ich rappelte mich auf, sprang regelrecht auf, was ich noch im selben Moment als dumme Idee erkannte, denn mir wurde schlagartig unwohl und schwindelig, so dass ich taumelte und mich an der Wand, die sich nun als sehr verdreckt herausstellte, abstützen musste. Ich blickte zur Treppe. Sie wirkte tatsächlich recht hoch, auch wenn es – ohne Zweifel – nicht die hundert Meter waren, die ich noch vor Momenten – nun, waren es Momente? Wieder blieb der Eindruck der tückischen Zeit – empfunden hatte. Nun fiel ein Schatten die Treppe hinab, ich konnte dies klar erkennen, denn die einzige starke Lichtquelle war der Raum oberhalb, und ich vernahm Schritte. Er ging die Treppe herunter. Ich wurde tatsächlich verfolgt.

Die Panik kehrte schlagartig zurück, das Herz schlug mir Halse. Oh du mein Lieb, wie wirr und unsinnig mögen dir diese Zeilen nun erscheinen, du magst mich für einen verwirrten Narren halten, nun, vielleicht bin ich tatsächlich einer, denn selbst mir bleibt verborgen, warum ich diese Angst verspürte, doch andererseits... Es war so unwirklich, ja eben so wirr, und dennoch so real... Ich wollte nur noch fort, ich drehte mich um, und erkannte im Zwielicht nun das Kellergewölbe. Es war ein langer Gang, sein Ende konnte ich nicht erkennen, und alle paar Meter waren Kreuzungen zu erkennen, und Abbiegungen, etliche, mal in die eine, mal in die andere Richtung. Und alles, ja wirklich alles überwuchert mit diesem Unkraut. Ich überlegte nur kurz und rannte dann los. Um die Ecke, dann weiter, in die Abbiegung, wieder um die Ecke, bald wusste ich selbst nicht mehr wo ich war, ach, was schreib ich, ich wusste seit Stunden, Tagen. Ja vielleicht sogar Wochen nicht mehr, wo ich mich befand. Doch nun war es geplant! Wenn nicht mal ich weiß, wo ich mich in diesem Kellerlabyrinth befand, wie sollte er es wissen, wie sollte er fähig sein, meine Spur zu verfolgen? Dieser Gedankengang erschien mir logisch, du kennst ja meine Art, Dinge logisch zu beurteilen. Heute weiß ich, dass ich das nicht hätte tun dürfen, damals nicht, und so oft in meinem Leben nicht. Hätte ich es so oft nicht getan, wie ich es mir heute wünsche, dann wär das alles nicht passiert, dann wäre alles gut, und, ja, ich bin mir sicher, du wärst nun an meiner Seite, und mein Leben wäre schön, aber so kam es nicht, nein, so sollte es nicht kommen.

Nach einiger Zeit brach ich erschöpft zusammen, völlig außer Atem stand ich in diesem dunklen Gang, um mich herum nur karge Wand, die natürlich, es erschien mir inzwischen recht obligatorisch, dicht mit diesem Kraut bewachsen war. Irgendwann, ich weiß nicht warum, ob es die Verzweiflung war, oder die Erschöpfung, oder beides, schlich sich ein müdes Lächeln auf meine Lippen und die Frage, ob es denn hier keinen Ort ohne dieses Gewächs gab, in meinen Kopf. Ich sackte nun auf den Boden zusammen und fing an zu lachen, denn ich begann nun zu scherzen. Es war wohl die Verzweiflung. Ich nannte das Gewächs Gemüse der Verdammnis, überlegte, ob man es wohl essen oder gar rauchen kann, ja fragte mich, ob ich mit einer Heerschar an Gärtnern zurückkehren sollte, wenn ich diesen Ort je wieder verlassen kann.

Wenn ich diesen Ort je wieder verlassen kann. Ich ließ mir diesen Satz auf der Zunge zergehen. Ich lachte stumpf, trocken, lautlos, und tränen fielen erneut, ich weinte sehr viel an diesem Ort, viel mehr, als ich je während des Rests meines Lebens geweint hatte. Eine traurige Euphorie machte sich breit, die Euphorie eines Verzweifelten, eines Hoffnungslosen, der glaubt, nun ganz unten angekommen zu sein, und dass nun alles wieder bergauf gehen müsse. Wieder irrte ich mich. Ich irrte mich oft an diesem Ort. Vielleicht irrte ich mich in meinem ganzen Leben oft. Sag mir, hatte ich mich in dir geirrt? Irre ich mich noch immer in dir, wenn ich dich meine Herzallerliebste nenne? Bist du nicht immer nur ein Gespenst im Nebel gewesen? Oh, ich verzweifelte an meinen Zweifeln. An mir, an dir, an allem. Ich malte mir immer nur die schlimmsten Dinge aus. Immer. Das richtete mich zu Grunde. Und dabei wollte ich nur zu dir, wollte nur deine Wärme spüren, wollte nur glücklich sein, glücklich mit dir. Doch daraus sollte nun nichts werden.Oder besteht doch noch Hoffnung? Zweifel am Zweifel. Zweifel eines Verzweifelten am Zweifel, die Hoffnung, doch noch Hoffnung aufzutreiben, an einem Ort, wo alles dunkel und trostlos ist, wo der einzige Trost die Erinnerungen an dich sind, die nun so bitter und grausam erschienen. Kein entrinnen.

Mit einer schrecklichen Schlagartigkeit wurde mir wieder bewusst, wo ich mich befand. Ich verwischte die Tränen, atmete tief ein, und stand auf. Ich seufzte. Wohin sollt ich nun? Ich schaute nach links. Ein dunkler Gang. Überwuchert, natürlich, was denn auch sonst. Kreuzungen. Alles schon bekannt. Ich schaute nach rechts. Ein dunkler Gang. Überwuchert. Kreuzungen. Eine Tür. Eine Tür? Tatsächlich. Nicht weit von mir war eine schwere, massiv-hölzerne Tür, nun, auch sie war überwuchert, weswegen sie mir vermutlich nicht sofort auffiel, aber die Ranken der Pflanze waren dort vertrocknet und verwelkt. Hoffnung keimte. Dort musste es besser sein. Das sagte mir eine innere Stimme. Meine innere Stimme. Langsam und gefasst ging ich auf diese Tür zu. Es

überraschte mich, wie ruhig ich war, es hatte beinahe
etwas erhabenes, wie ich dort ging, und es schien mir,
dass der Gang mit jedem Schritt ein wenig heller
wurde.

Nun erreichte ich die Tür. Ich strich die verdorrten
Ranken von ihr, umgriff die Klinke und öffnete sie.
Sie war tatsächlich offen. Was ich auf der anderen
Seite fand, überraschte mich. Es war eine Stube. Sie
wirkte recht karg, war nicht zu vergleichen mit der
Stube im Turm, dennoch wirkte sie zumindest ein
wenig warm und entfernt Geborgenheit spendend auf
mich. Ich ging hinein, und schloss die Tür. Nun sah
ich, dass ein Schlüssel von innen steckte. Ich lächelte
sanft, mich in Sicherheit wähnend. Ich verriegelte die
Tür. Ich sah mich um. Ein Bett, ein Ofen, ein
Schreibtisch. Alles schlicht gehalten, aber irgendwas
in mir fühlte sich wohl, vermutlich weil weit und breit
nichts von dieser Pflanze zu sehen war.

Wie du vermutlich schon erahnt hast, sitze ich
gerade an dem Schreibtisch des Zimmers und schreibe
diesen Brief. Tatsächlich war hier eine Feder, Tinte
und Papier zu finden. Es verwundert mich, dass an
einem solchen Ort etwas so wohnliches zu finden ist.
Ich werde nun bald enden mit diesem Brief, denn ich
bin Müde und erschöpft, dass Bett schien mir recht
gemütlich, und es ruft bereits nach mir. Zuvor werde

ich mir aber noch Gedanken machen müssen, wie ich am morgigen Tag, sofern man an diesem Ort überhaupt von Tagen sprechen kann, vorgehen werde. Ich werde wohl nicht umher kommen, dieses Zimmer zu verlassen. Ich denke, ich werde mich bewaffnen.

Aber nun, an dieser Stelle, bleibt mir nichts, als an dich zu denken, dir eine Gute Nacht zu wünschen und mir deinen Kuss vorzustellen. Ich werde dir wieder schreiben, sollte ich den Ort nicht bald verlassen, aber noch viel eher will ich dich tatsächlich in meine Arme schließen.

Du fehlst mir.

In Liebe,
    Dein Cidhas

Die Stadt

Dritter Brief

An meine Herzallerliebste,

Ich weiß nicht, wie lang ich schlief, es waren
Jahrhunderte, so schien es mir, die Zeit verflog so
seltsam, wie sie es an diesem seltsamen Ort nun
einmal tat. All diese Geschehnisse, die waren, und die
noch kommen sollten, ließen und lassen mir noch
immer mein Blut gefrieren, so dass Kälte mir in alle
Glieder und auch tief in mein Inneres fährt. Auch ließ
es mir keinen ruhigen Schlaf, so dass ich letzte Nacht,
ich nehme an, es war eine Nacht, noch Stunden wach
lag, als die Stille zu mir kam und auf ihre tückische
Art mir alles vor Augen führte, was mir in meinem
Kopf herumschwirrte, bis ich mich schließlich erneut
verirrte, in einen unruhigen Schlaf diesmal, und in
diesem Brief will ich dir von den Träumen, die mich
plagten, erzählen.

Weißt du noch wie es war, im letzten Sommer, als
meine Seele sich in der deinen Verlor, als du in meinen
Armen lagst und ich fiel und du mich fingst, weißt
du es noch? In meinen Träumen ließ ich nun all dies
Revue passieren. Es war im August, so denke ich, und
das Wetter war so unbeständig, und so ungebändigt.
Und ich weiß, als wir uns sahen, wie mein Herz mir
schlug, wie ich mich freute. Noch schien die Sonne
und erwärmte uns mit ihren Strahlen, ich fühlt mich
wohl, fand es schön, deine Berührungen zu spüren,

wenn wir uns berührten, es war so untypisch für mich., da ich oft Berührungen anderer Menschen als störend empfand, seien sie auch noch so klein, sie waren wie ein brennen auf meiner Haut. Deine waren es nie. Deine Waren die ersten Sonnenstrahlen in einem Frühling nach dem kalten Winter, so angenehm, und die Dämmerung ereilte die Nacht.

Irgendwann an diesem Morgen, an dem wir uns sahen, brach der Himmel, die Sonne verschwand hinter Wolken und der Regen begann zu fallen. Der regen, mein alter Freund und tiefster Vertrauter, schenkte mir nun etwas, ohne ihn wäre es wohl nicht so gekommen. Wir suchten Schutz im Hause, während der Regen draußen mit all seiner Kraft hernieder prasselte und lärmte. Aber du fielst in meine Arme. Und es ward Stille. In mir. Und für mich. Angenehme Stille, denn du warst da. Dieser Moment, das kann ich mit Sicherheit sagen, war perfekt, auch wenn er tausend kleine Makel hatte, er war perfekt. Doch wie alles Schöne, fand es sein Ende, und schon kurz nach der Mittagsstunde mussten wir voneinander lassen. Es war der Grundstein, von allem, was noch geschehen sollte, auch davon, dass ich mich zu diesem makaberen Ort verirrte.

Natürlich, es war auf seine Weise ein schöner Traum. Aber es ist vorbei, vergangen. Und mich erreichte eine Erkenntnis, die vermutlich schon so viele ereilte: Selbst der schönste Traum kann zum Albtraum werden, das Grauen liegt in seiner Unerreichbarkeit. Ich weiß, es wird nie mehr so kommen, nicht nach all dem, was hier Geschehen wird, und deswegen ist dieser Traum für mich ein Schreckgespenst. Und es war erst der erste in dieser Nacht, der erste Traum, der mich plagte und mich aus dem Schlaf schrecken ließ.

Es waren nicht die typischen Albträume, es waren nicht Horrorgestalten, die mich quälten und jagten, nicht der Verlust eines geliebten Wesens, wobei doch, wenn ichs recht bedenke, doch schon dieses. Aber es waren nicht die Grauen einer Horrorgeschichte, es waren kafkaeske Schrecken, die mich diese Nacht ereilten und einfingen, mich plagten. Es waren unbekannte, absurde Gestalten, die offen und doch verdeckt mein Schicksal besprachen, in fremden Zungen, doch ich verstand, doch der Sinn blieb mir verborgen. Ich sah dies alles, doch erkannte nie, und wenn mir doch nie wirklich einem Grauen ausgesetzt war, so war es dennoch bedrückend und bedrohlich, mein Herz wie in ein Kästchen gezwängt und der Schlüssel weggeworfen.

So lag ich dort, Stunde um Stunde, vielleicht Jahr um Tag, ach, du bist wahrscheinlich schon müd von meinen Erzählungen über die verworrene, unliebsame Zeit wie sie hier herrschte, und doch muss ich dir immer und immer und immer wieder erneut erzählen, wie sie mich plagte, denn ich kann nicht anders, ich muss es einfach, mir bleibt keine Wahl, als ob dort wieder diese finstere Stimme in meiner Seele zu mir spricht und mich zwingt, all dies aufzuschreiben, das die Verworrenheit der Zeit, und meinetwegen meine eigene Verrücktheit am Ende auch noch dich ereilt, als wäre dies schon lange das Ziel der tiefen und unliebsamen Stimme tief in meinem Selbst , die so sehr nicht ich und so sehr fremd ist, dass ich sie selber so sehr fürchte, und sie plagt mich hier in meinen Träumen in der Nacht so viel mehr als am Tage, falls es in diesen Breiten diese überhaupt gibt, ich bezweifele dies noch immer, selbst wenn sich der Eindruck immer und immer wieder aufdrückte, ich musste es anzweifeln.

Es war kein Licht dort in der Kammer, die Kerzen, die dort waren, die ich angezündet hatte, mit den Zündhölzern, die dort waren, waren erloschen, und es war Dunkelheit in Vollendung, so dass ich, als ich schließlich erwachte, nicht ein Licht sah, nur ein phantasmagorisches Blitzen, das das Gehirn sich immer selbst erschafft in einem absoluten Dunkel ohne Licht, weil es sich hier und dort dann doch ganz gerne einen Funken Licht einbildet. Ich griff neben mich und suchte die Zündhölzer. Die Tischoberfläche fühlte sich seltsam an. Schließlich fand ich das Schächtelchen mit den Hölzern, befreite es von dem sich so seltsam anfühlenden was auch immer es war, zog ein Streichholz heraus, und nach zwei oder drei Fehlversuchen entzündete ich erst es, und dann eine Kerze, und als sei es Tradition, erschrak ich für einen Moment.

Staub. Überall um mich herum lag Staub. Gut 5 Zentimeter, auf allen Dingen. Wie konnte das möglich sein? Und wie lange, um Himmels Willen, wie lange habe ich geschlafen? Ich weiß es nicht. Nicht nur, dass die Zeit hier so tückisch vergeht, du siehst, ich erwähne es schon wieder, weiß man doch, dass der Mensch im Schlafe nicht unbedingt ein gutes Zeitgefühl hat, und das meines hier zerfiel war wohl verständlich.

Ich entzündete weitere Kerzen, so langsam erwuchs aus dem Schein einer Kerze, deren Flämmchen wie ein Samen war, über den Dämmerschein einiger weniger Kerzen ein starkes, den Raum erhellendes Licht aller Kerzen in selbigem. Wirklich überall lag Staub. Nun mitmeinen Fußspuren. Ich zog meinen Mantel aus dem Staub, er war wohl in der ewig langen

Nacht von der Stuhllehne gefallen, dann dort hatte ich ihn hingehangen. Ich klopfte ihn ab und streifte ihn über. Einen Augenblick. Dort war etwas in der Innentasche, die ich zuvor für leer hielt. Für einen Moment vernahm ich nur noch meinen eigenen Herzschlag, der so heftig war, ich fühlte ihn an jeder Stelle meines Körpers. Es war ein Zettel dort in meiner Tasche, wohl zwei mal gefaltet. Ich zog ihn heraus, mit zittriger Hand, Ich faltete ihn auf, mein Herz bebte, und ich glaubte, für einen Moment verstummte es, als ich die Worte las, die dort in schwarzen Lettern auf dem Weiß standen: Es hat keinen Sinn sich zu verstecken. Ich finde dich.

Wie war das möglich? Wie kam dieser zettel dort in meine Tasche?! War denn die Tür nicht versperrt?! Ich schauderte, geriet in Panik, lief auf und ab in dem kleinen Zimmer, Gedanken überschlugen sich, ohne Sinn und Verstand riss ich Schubladen und Türen von Schränken auf, doch was war das? Dort im Augenwinkel? Schnell wandte ich mich um. Bei all dem Staub hätte ich es wohl nicht bemerkt. Aber nun habe ich ihn in meiner Panik aufgewirbelt, nun konnte ich sehen, was ich dort unter dem Türspalt sah. Knospen. Schwarze, dornige Knospen, von diesem Elebndskraut, diesem bedrohlichen etwas von einer Pflanzen, die dort draußen wohl die halbe Welt umschlungen hielt!

Aber halt! Habe ich nicht dort eben in einer der Schubladen wohl ein Beil gesehen? Ich eilte dort hin, und tatsächlich, dort war ein Beil, leicht verrostet, aber es schien wohl scharf, ich nahm es, und Sicherheit wuchs tief in mir, denn nun fühlte ich mich nicht mehr so wehrlos. Aber Ruhe fand ich keine tatsächliche, wie du, mein Lieb, mit Sicherheit schon bemerkt hast, ich schrieb diese Zeilen in Unruhe, nur weiß ich nicht so recht, war es noch Panik, Angst, oder eine Form von Zorn oder Rage?

Langsam, sehr langsam kehrte nun die Ruhe zurück zu mir. Ich betrachtete das Beil in meiner Hand, setzte mich aufs Bett und starrte es regelrecht an. Und nun? Nun, ich könnte warten, bis diese mysteriöse Gestalt mich findet, und ihr dann das Beil in die Rippen treiben... Nun gut, so etwas war nun eigentlich nie meine Art. Ich weiß auch nicht, ob ich tatsächlich dazu in der Lage wäre, ich meine, du mein Lieb, du kennst mich, ich wäre nicht mal in der Lage, eine Fliege zu erschlagen, wie sollte ich dann einen Mann töten? Nein, nicht mal in Notwehr wäre ich dazu in der Lage, das zu tun. Aber ich könnte drohen, bluffen, ja das war ein Plan! Ich lachte in mich hinein. Dann plötzlich wurde mir mulmig. War das ein Gelächter, das dort aus mir heraus zurück schallte? Oder war es nur eine Art Echo? Ich weiß nicht aus welchem Grund, aber mir kamen plötzlich Bilder von großen unbelebten Hallen in den Sinn, und ich assoziierte diese mit mir selbst, und ich erkannte das tiefe Gefühl der Leere in mir.

Nach dieser Schrecksekunde fasste ich mich schnell wieder. Ich ließ den Blick schweifen vom Beile zu den Trieben eines gewissen Unkrauts, das da unter dem Türspalt über die Dielen langsam zu mir hineinwachsen will, und mir wurde klar, dass ich dem ich den Gar aus machen könnte. Ich stand langsam auf mit einer Sicherheit, wie ich sie nach den letzten Stunden, Tagen, Wochen, was auch immer, du siehst schon wieder, nicht erwartet hätte, ging langsam und sachte zur Türe, ergriff die Klinke in aller Gelassenheit, drückte sie herunter, zog die Tür auf, erhob die Beilhand und wollte gerade zuschlagen als... Als ich plötzlich etwas aus dem Augenwinkel erblickte. Ich zuckte nach oben, und sah Ihn. Die Beilhand schnellte nach unten, schützen vor meinen Körper, ich schrie, dass ich ein Beil hätte. Er aber, ruhig, und mit spöttischer Gelassenheit: „Ja. Das sehe ich."

Ich erstarrte und starrte ihn an. Ich sah ihm nur im Halbschatten, ich konnte ihn nicht klar erkennen, was wohl, wie ich nun erkannte, an mir lag, denn es war mein Schatten, der auf ihn fiel. Ich ging langsam einen Schritt zur Seite aus dem Lichtkegel heraus.

Wieso stand er nun immer noch im Halbdunkel?! So langsam erahnte ich, dass nicht nur die Zeit und der Raum sondern die gesamte Natur, inklusive dieses gottverdammten Krautes sich gegen mich verschworen hatten. Lauf. Ein Impuls von innen. Lauf. Meine Augen schlichen zur Seite, mein Gegenüber verdrehte die Augen im Kopf und seufzte. Und ich, ich lief Los, um Ecken, über Kreuzungen, bis ich schließlich eine Treppe sah. Ich stürmte sie hinauf, gefühlte eintausend Stufen, und ich stand wieder im nebel der Stadt, der unbeirrt in seinen Schwaden da lag und alles verdeckte, während ich auf die Knie ging vor Erschöpfung.

Was war hier nur los an diesem Ort? Nicht nur, dass ich nun voller Erschöpfung im Nebel kniete, nein, es war, als hätte mir diese kalte Welt all meine Kraft ausgesaugt. Und auch meine Tränen. Alles wog so schwer, ich wollte doch nur zu die, und nun konnte ich nicht mal mehr um dich weinen. Du warst so jung, so hübsch, die Heilung für meine kranke Seele, und nun bist du fort, unerreichbar weit fort, und es gibt kein zurück, und ich kann nicht mehr weinen.

Dann ein Laut. Ich erschrak für einen Moment, bis mir bewusst wurde, dass es sich um den Schlag einer Glocke handelte. Natürlich. In dieser Stadt war ein Glockenturm. Ich stand auf, und wendete mich

um, in die Richtung, aus der die Glocken klangen.
Ich ging darauf zu. Da war wieder dieses Gefühl, dass
alles gut wird, die Freude, ein wenig Euphorie, es
fühlte sich so echt an, so stark, so wahr, so zeitlos, und
doch war dies der Moment, an dem ich in diesem
Ort, an dem die Zeit so verrückt spielte, die wahre
Zeit wiedererkannte, 5 Glockenschläge, die
Glockenturmuhr hat fünf mal geschlagen! Also war
es fünf Uhr! Hoffnung keimte auf und zeigt erste
junge Triebe. War das hier vielleicht doch alles nur
ein kranker Albtraum? Die Glockenturmuhr, ich
erkannte sie im Nebel, die Tür, zu dieser warmen,
sicheren Stube! Sie war offen! Ich lächelte. In mir
wuchs der Gedanke, dass ich, wenn ich dort gleich
einschlief, morgen in deinen Armen erwachen würde,
so wie es sein sollte, so wie es das Schicksal für uns
vorgesehen hatte. Das Ende dieser Reise.

Du erahnst es sicher schon mein Lieb, hier in der
warmen Kaminstube, jenseits aller Albträume,
schrieb ich, wie schon den ersten, auch diesen dritten
Brief. Vielleicht, mein Lieb, bist du nun, wie ich es
war, voller Hoffnung, dass wir uns bald schon
wiedersehen, meine Herzallerliebste, so hoffe auch
ich, wenn ich gleich unter der Decke einen ruhigen
schlaf haben werde.

Morgen schon, ja morgen bin ich bei dir.

In Liebe,
 Dein Cidhas

Die Stadt

~

Vierter Brief

An meine Herzallerliebste,

lang ist es her, dass zuletzt Worte an dich gerichtet habe, wenngleich es so sein könnte, dass für dich die vergangene Zeit zwischen diesem und dem vorherigen Brief viel kürzer war, als ich sie empfand, nach wie vor misstraue ich der Zeit, wie sie hier vergeht. Du weißt sicherlich noch aus meinen letzten Ausführungen, dass diese hier an diesem unsäglichen Ort, an dem ich gefangen bin, sich selbst wie ein Lügner verhält, und sich ganz und gar in Unklarheit kleidet, und einem den Verstand auf eine bedrohliche Art und Weise verklärt, was in mir das Gefühl weckt, bereits seit über einem Jahrhundert hier zu sein.

Du erinnerst dich an meinen letzten Brief, als ein Funke der Hoffnung mir die Seele wärmte? Noch an jenem Abend wurde aus diesem Funken eine kleine, wenngleich stattliche Flame, viel mehr als ein Kerzenlicht, die mir das Gemüt erhellte, wodurch ich an jenem Abend einen geruhsamen und seligen Schlaf fand, der es mir ermöglichte, am nächsten Morgen frisch, ausgeruht und voller Tatendrang zu erwachen. Nun wird mir das Herz so schwer dir dies zu erzählen, denn alles ist mir wieder in Erinnerung, wenn ich es tue, denn bedenkt man im Abgrund den Moment der Hoffnung, so ergreifen Schatten und Melancholie wie das Grauen unmittelbar das Herz, und gibt ihm eine schwere Last zu tragen. Denn was ich in jenem Augenblick nicht gewusst habe, und nicht wissen konnte, ist, dass al dies nur trügerischer Schein ward, den sich meine Seel selbst vorgegaukelt hat, um mir Stunden, wenn es denn Stunden waren, der Ruhe und der Hoffnung zu gönnen.Heute weiß ich von dem, was sich hinter den Phantasmagorien, dem Schimmer, der so scheinenden Hoffnung verbarg, denn wie ich nun erkennen durfte werfen auch Flammen einen Schatten, oder viel eher ist durch ihr Dämmerlicht der Fall von Schatten dieser Art überhaupt erst möglich.

Die Ewigkeit, die ich im Schlafe in jener warmen, hoffnungsfrohen Stube erbracht hatte, ließ mich ausgeruht erwachen, und voller Seligkeit, denn in dieser Nacht habe ich wohlig geträumt, ein Traum, der mir deine Wunder zeigte, wie du mir das Herz erhellst und ehrlich in meine Arme fällst, während dein Kuss sich auf meine Lippen legt, und ich halte deine Hand, und die Sonne geht auf und wärmt uns mit sanften Strahlen die Haut, und das Morgen, das in diesem Traum anbrach, war das unsrige. Gestärkt von diesem Traum erwachte der Aufbruch in mir, ich schlug die Augen auf, und wusste, was zu tun ist. Ich sprang förmlich aus dem Bette auf, so voller Kraft und Elan. Dabei wirbelte ich Staub auf, und musste husten, als ich ihn atmete. Ich habe tatsächlich wohl

Ewigkeiten geschlafen, denn überall in der Stube hatte sich fingerdick Staub herniedergesenkt, selbst auf mir. Ich ließ mich davon nicht beirren. Hastig kleidete ich mich an, griff alles, was mir nützlich erschien, heute weiß ich, es ward ohnehin alles unnütz für mich, hätte ich doch nur gewusst, was mich erwartete... Ich riss die Tür auf. Der Himmel war in einem tiefen Grau verhangen. Ich verkeilte die Pforte, ich wollte auf Nummer sicher gehen, wusst ich doch um das letzte Mal, als ich mich selbst aus der Stube aussperrte, du weißt, meine Geliebte, Ich war schon immer jemand, der aus Situationen lernt, und daraus geschickter hervorgeht. Ich Nachhinein betrachtet war es vielleicht auch ein Augenblick des stillen Zweifels an dem gefassten Plan.

Nun rannte ich los, gen Südosten, wo ich das Stadtportal zu erinnern glaubte, de Himmelsrichtung fand ich in meinem Kopfe wieder, wo sie wie offensichtlich da lag. Ich rannte und rannte, vorbei an immer gleich aussehenden Hausfassaden, und rannte vorbei an immer gleich aussehenden Häusern, die eine einzige Komposition aus gleichen Grautönen mit dem Himmel bildeten, kalt wie Stahl, und bedeutungslos, ich rannte ohne zurückzublicken auf das, was hinter mir lag, und solange, bis die Welt um mich erblasste, sich erneute und veränderte, und doch zuletzt die gleiche blieb, ich rannte Jahrhunderte lang,

so kam es mir vor, bis ich endlich stehen blieb, da mir
der Atem fehlte. Ich keuchte und setzte mich
erschöpft nieder, so außer Atem, dass mir selbst die
leichte Nässe der kalten Haut der Pflastersteine nichts
ausmachte, und ich mich einfach auf den Boden
setzte, oder viel eher auf den Boden zusammensank.
Nach einem Moment der Besinnung und des Atem
findens blickte ich mich um. Alles wirkte so
schrecklich gleich, so monoton, alle Farben der
Häuser waren nach wie vor nur Arten des selben
Grautons, der sich durch diesen seltsamen Ort zog
und mir auf die Seele drückte. Doch dann sah ich in
der Ferne etwas, was mir einen Schlag versetzte: Der
Glockenturm. Er befand sich plötzlich wieder vor
mir, in der Ferne, nicht hinter mir wo er sein sollte.
Ich begann zu weinen. Welch finsteres Spiel wurde
hier mit mir gespielt?v Welche Macht verschiebt so
sehr die Welt? Ich ergab mich der Schwerkraft, kippte
nach hinten Weg und lag nun auf den nassen
Pflastersteinen, während Regen aus den tiefgrauen
Wolken zu fallen begann, wohl, um die Szenerie zu
verdeutlichen. Mit dem Gefühl der schweren, auf
mein Gesicht fallenden Regentropfen, die sich mit
meinen Tränen vermischten, verließen mich die
Sinne.

Als ich erwachte lag Stille auf der Stadt, und über allen Dingen, obwohl ein Turm an diesem Ort tobte, und der Himmel nun tiefschwarz verhangen war. Der Uhrturm war mir näher gekommen, zumindest schien dies so, denn plötzlich ragte er unmittelbar vor mir auf, wie ein dunkler Wächter, der mich an diesen Ort band. Erstmals konnte ich an seiner Spitze die Uhr sehen, deren Elfenbeinfarbenes Ziffernblatt auf dem nun merkwürdig schwarz, wie Obsidian, wirkenden und sich in die finsteren Wolken am Himmeln einpassenden Turm einen mächtigen Kontrast erwirkte. Dies war jedoch nicht das einzige bemerkenswerte, denn die Uhr trug vier Zeiger, die alle in verschiedene Richtungen wiesen, auf die Drei, die Elf, die Acht und die Eins. Auch war der Turm wie scheinbar die ganzen Stadt nun von dieser seltsamen Pflanze überwuchert, die nun samtschwarze Blüten trug, und sich an tausend Ranken um den Glockenturm schlangen. Es war, als stäche mir etwas direkt durch mein Herz, und ein Gefühl von Unheil zog sich durch meine Brust. Ich stand auf, und wie von einer fremden Macht gezogen schritt ich langsam und mechanisch zut Tür am Ende des Turmes, hinein in die Stube, diesen einst so warmen Ort. Die Tür stand weit offen. Eine Stimme, die Stimme in meinem Kopf flüsterte tief in mir, sich wie ein mantra wiederholend: „Es ist soweit, die Zeit ist reif, es ist soweit, die Zeit ist reif..."

Nun stand ich in diesem Raum, und erlitt einen tiefen Schock, dem ich jedoch mit verblüffender Ruhe entgegenstand, als hätte sich in mir längst alles dem Unheil dieses Ortes ergeben. Ich sah, dass dieser Ort, der mir so viel Wärme und Schutz gewährte, nun ebenso in kaltem Grau versank, und vollkommen verwüstet war, alles lag in Trümmern, umgeben von diesen Staub, wie eine Geröllwüste in grau und grau. Ich fühlte, dass mein Herz und meine Seele nun wohl genau so aussahen, Trümmer, auf einem Schlachtfeld, von dieser Welt hernieder gedrückt. Eine unbemerkte Träne rollte, fiel zu Boden, und wurde gierig von dem schwarzen Unkraut, dass nun in den Raum hineinwucherte, aufgesogen. Mein Blick wanderte durch den Raum, blieb an dem zertrümmerten Schreibtisch hängen, der Schreibtisch, von dem ich dir die Briefe schrieb, der Blick wandert weiter, zum zerstörten Bette, dort wo ich schlief, nur noch Trümmer, Splitter und Staub. Dann erst sah ich die andere Tür am anderen Ende des Raums, sie war völlig unversehrt. Ich ging darauf zu, unbedacht, ich konnte nicht anders. Ich öffnete sie, un fand eine Treppe, wohl die Treppe zum Turm herauf. Ein Blitz zuckte durch meine Eingeweide, und wieder sprach die Stimme zu mir. „Die Treppe hinauf, los, die Treppe hinauf!", befahl sie mir. Wispernd. Ich folgte von mir selbst unkontrolliert. Mein Kopf war leer, nur noch sie war da, die Stimme, und die tief verträumte

Erinnerung an dich, Hoffnungslos in der Leere liegend, als ich langsam und mit starrem Blick die Wendeltreppe hinaufging. Die Pflanze wucherte mir nach, manchmal war es mir, als würde sie nach mir schnappen, aber mich ließ das nicht mehr erschrecken, ich war wie gänzlich gefühlsentleert.

Als ich schließlich oben ankam, sah ich diesen Mann dort stehen, den Mann, dessen kaltes Lachen mich aus dem Kellergewölbe trieb. Er stand dort, er vor mir, die Turmuhr hinter mir, mit einem Riss in der Mitte, er sah mich an, blickte mir tief in die Augen, hiondurch bis in die tiefsten Sphären meiner Seele, jene Sphären, die sich selbst mir verschlossen haben, dort konnte er hineinsehen, und ich verstand und erkannte nun, dass die Zeit gekommen ist. Das schwarze Unkraut, dass mir hinterher gewachsen ist, ergriff mich nun, und fesselte mich an die Uhrzeiger, die sich nur so verstellten, dass sie ein Andreaskreuz bildeten. Dornen trieben sich in langsam in mein Fleisch, und rotes Blut rann die Ranken hinab, die letzte Farbe und diesem Spiel. Ich nahm es wortlos hin. Es war der Beginn von unaussprechlichen Qualen, die mir auf eine unbekannte Weise geschahen, die Er, diese Schattengestalt von einem Menschen, die dort vor mir stand, als Folterknecht zufügte, wie schwarze Magie, unerklärlich.

Irgendwann, Jahrhunderte, Jahrtausende später verstummten die Qualen, und die Welt klarte sich in mir auf, in einem letzten Kraftakt schrie ich es heraus. Warum Tust Du Mir Das An?! Er hörte zu lächeln auf, schüttelte den Kopf, und sah mich an, dann sagte er: „Sieh mich an, und erkenne!" Ich blickte ihn an, und in einem ewigen Moment des unvergleichlichen Erschreckens, so wie ein Blitz, der einem durch alle Glieder fährt, erkannte ich endlich. Dieses Gesicht, diese Gestalt war ich. Sein Gesicht war meines, ich war er. Ich schrie, ein Urschrei, zerriss die Fesseln, das Unkraut, und mit einer ungeheuren Kraft, die ich in mir nie erahnt hätte, erst recht jetzt nicht mehr, riss ich ihn mit mir den Turm hinab.

Im Fall sah ich endlich klar. Du warst es, die mich herführte, du, meine Herzallerliebste, ohne dich wäre ich diesen falschen Weg nie gegangen, hätte diesen Ort mit all seinen Grauen und Schmerzen nie gefunden. Du warst es, du, meine Olimpia, mein Schreckgespenst, du, und ich selbst als mein Folterknecht, wir haben dieses Tuch gesponnen, aus den Dornen der Rosenblüten, die ich für dich dichtete. Du solltest es teilen, du solltest es verstehen, mich finden, mich retten, mich befreien, zu mir kommen, ein letztes mal.

Nun siehst du, meine Herzallerliebste, welches
Unheil über mich hereinbrach, als ich mich in die
Schattenstadt verlief, auf der Suche nach dir, nun
kennst du es, und nun wirst du vielleicht endlich
verstehen. Dies war mein letzter Brief an dich, Liebste,
ich werde dir nimmer mehr schreiben. Mir ist es so
befohlen, und ich kann mich dem nicht mehr
entziehen, zu groß ist die Sorge, zu groß der Wissen,
und zu groß die Macht dort. Wir beide, du und ich,
meine Herzallerliebste, werden uns wohl nie mehr
sehen, leb wohl, und gedenke meiner in deiner
Wunderwelt.

In ewiger Liebe,
    Dein Cidhas.

Nachwort

~

Wahrheiten
und
Hintergründe

Lieber Leser!

Ich habe lange darüber nachgedacht, ob ich zu dieser Erzählung ein Vor- oder Nachwort schreiben sollte, und wie Sie sehen, ich habe mich letztendlich für ein Nachwort entschieden. Ich schätze, dass diese Geschichte auf einen Leser, der nicht alle Hintergründe kennt, beziehungsweise auch für einen Leser, der wirklich alle Hintergründe kennt, sehr seltsam wirkt, weswegen ich ein gewisses Maß an Erklärungen für notwendig halte.

Vorweg: In gewisser Weise basiert diese Geschichte auf wahren Begebenheiten. Der Kern der Geschichte, sozusagen der Grund aller Dinge, ist tatsächlich wahr, und kristallisiert sich zu Beginn der Geschichte heraus. So umschreibe ich dort tatsächlich etwas, was tatsächlich vorgefallen ist. Später entfernt sich das natürlich deutlich, dieses Verirren in diese seltsame Stadt hat so in der Realität natürlich nicht stattgefunden. Das ist nur eine Art und Weise, etwas zu verarbeiten. Überhaupt habe ich in dieser Geschichte viel Verarbeitet, was sich irgendwie in mir angestaut hat, nur halte ich persönlich es für sehr gut verschleiert, so dass niemand auf tatsächliche Ereignisse zurück schließen kann (Wenn Sie es trotzdem schaffen, gebührt ihnen jedoch natürlich Respekt!). Wegen dieser Verarbeitung war es übrigens bei der Beendigung dieser Geschichte für mich, als müsste ich einen Daraus ergibt sich auch die etwas chaotische Handlungsstruktur. Diese lässt sich allerdings auch auf den riesigen Abstand, in denen die einzelnen Teile der Erzählung entstanden sind. Die vier Briefe sind nämlich über einen Zeitraum von 16 Monaten verteilt entstanden, an fünf Abenden (beziehungsweise Nächten), die Zeitweise sehr weit auseinander liegen. Die Erzählung ist dabei übrigens komplett nach zwei Uhr Nachts entstanden, und alle Briefe, abgesehen von dem zweiten, sind jeweils als Ganzes in stundenlangen nächtlichen Schreibsessions entstanden. Lediglich Brief Nr. 2 ist an zwei verschiedenen Abenden entstanden.

Beim schreiben hatte ich mir selbst nur den beginn und das Ende der Geschichte als Fixpunkte gesetzt, der Rest entstand völlig spontan und aus relativ fixen Ideen heraus. Das Ende wurde dann aber zum Schluss doch noch anders als ursprünglich geplant, so war der Sturz von Cidhas vom Turm nicht vorgesehen, stattdessen sollte die Geschichte mit Cidhas's Qualen auf der Turmspitze enden, dass empfand ich jedoch als unbefriedigend. Überhaupt wird die Geschichte als unbefriedigend empfunden werden, da vieles schlicht chaotisch ist, und einige Fragen ungeklärt bleiben. Da kann ich Ihnen jedoch versichern, dass das zu meinen Grundplänen hinter dieser Erzählung gehörte, ich wollte etwas erschaffen, was den Verstand verwirrt und Fragen übrig lässt, über die man spekulieren muss. Ich hoffe, mir ist das gelungen.

Weiterhin finde ich erwähnenswert, warum ich die Briefform wählte. Dies findet darin seinen Grund, dass ich kurz vor Beginn des Schreibprozesses die grandiose Erzählung „Der Sandmann" von Ernst Theodor Amadeus Hoffmann gelesen habe, die ja mit einem Briefwechsel beginnt. Ich bin ein großer Fan der Werke E.T.A. Hoffmanns, weswegen ich mir einige Anspielung auf den Sandmann nicht verkneifen konnte. Besonders deutlich wird dies im vierten Brief, wo Cidhas seine Herzallerliebste als „Olimpia" bezeichnet, die Phantasmagorie unter den Frauen. Auch muss ich beim Ende einen gewissen Einfluss gestehen, so ist der Sturz Cidhas's vom Glockenturm durchaus von Nathanaels Fall am Ende des Sandmanns inspiriert worden.

Ja, das soll es soweit gewesen sein. Natürlich könnte ich noch viel mehr dazu sagen, aber ich möchte Ihnen nicht den Spaß daran verderben, sich zu überlegen, ob gewisse Teile der Geschichte dumme Fehler oder (un)geschickte Stilmittel meinerseits sind. Ich möchte Ihnen jedenfalls fürs Lesen danken, und hoffe, Sie nicht verschreckt zu haben!

In diesem Sinne,
    Tobias Bischoff

P.S.: Ein kleiner Hinweis zum Namen Cidhas. Es handelt sich hierbei um ein Anagram. Zudem habe ich mir immer vorgestellt, dass man das s am Ende als stimmlosen postalveolaren Frikativ spricht, also, wie das deutsche sch. Deswegen hänge ich oben auch das Genitiv S mit einem Apostroph an. Nur soviel dazu.

Anhang

~

Eine Kleine Geschichte

Es war nun wirklich ein etwas seltsames Gefühl, als ich im April diesen jahres meinen ersten Lyrikband "Der Tag, an dem die zeit in einen See fiel und ertrank" veröffentlichte. Ich meine, ja schon, wenn man sein erstes buch veröffentlicht, ist man da stolz drauf, das ist eben so. Einem ist dann eigentlich auch egal, auf welchem Wege genau das nun wirklich dazu gekommen ist. Um das gerade mal zu erörtern: Ich hab ja jetzt nicht bei einem handelsüblichen Verlag veröffentlicht, sondern eben bei Books-on-Demand. Wie ich im bezug darauf gehört habe: "Das kann ja jeder". Stimmt. Das kann jeder. Da könnte theoretisch jeder ein Buch veröffentlichen und sonst was für einen Schwachfug darein schreiben, da habe ich gar kein Problem mit, und auch nicht damit, das zuzugeben. ich persönlich muss jedoch sagen, um der Einbildung der Ehre zu geben, dass ich dem, was ich schreibe, ein gewisses maß an Anspruch unterstelle, sogar genug, um es gewisser Maßen als "Kunst" oder "Kultur" zu bezeichnen, und mich dementsprechend als "Künstler" oder "Kulturschaffenden". (Oh ihr Kritiker! Zerpflückt mich für diese Aussage!). Ich bin übrigens auch der Meinung, jeder könne schreiben, aber das ist wieder eine andere Geschichte, von der Ursprungsintention dieses Anhangs bin ich sowieso schon viel zu weit weg.

Um mal zu dieser Intention zurückzukommen: Ich war also an sich durchaus stolz darauf, was veröffentlicht zu haben, und hab dann natürlich auch gehofft, das ein oder andere Buch zu verkaufen. (Ich möcht ja schon recht gerne gelesen werden). Doch dann geschah etwas, mit dem ich so überhaupt nicht gerechnet habe: Stolzer Familienangehörige, die dann gottweißwie mit meinem "Erfolg" hausieren gingen. Ich meine, ist okay, wenn die dann stolz auf mich sind , erfüllt einen ja dann auch wohl mit freude. Aber dann damit hausieren gehen? Ich bitte euch! Das ganze ging noch weiter. Irgendwie waren alle anderen viel erpichter als ich darauf, Bücher zu verkaufen. Man hat versucht, mich dazu zu drängen, offensiv Werbung zu machen, ich solle doch Flyer drucken und die auf Slams verteilen, ich solle doch Plakate drucken und aushängen, ich solle doch Buchhändler ansprechen, dass die das verkaufen sollen. Nö. ist nicht. Wollt ich nicht, hab ich nicht gemacht. Mir persönlich ist es relativ egal, wie viele Bücher ich tatsächlich verkaufe. Ich meine, ja, ich freue mich natürlich wenn ich gelesen werde, und auch die paar Euro Autorenhonorar kann ich wohl gebrauchen (Oh ja, ich bin so kommerz!), aber offensiv Werbung machen möchte ich einfach nicht. Ich bin nicht so der Hey-seht-her-kauft-mich-kauft-mich!-Typ.

Ich sehe das eher so: Schön, ich habe ein Buch veröffentlicht (Ich hab das dann ja durchaus in Sozialen Netzwerken gepostet, finde ich jetzt nicht so verwerflich), schön, nehmt das zur Kenntnis, schön, lest es, aber um Himmels Willen! Sprecht mich da nicht drauf an! Ich mein, inhaltliche Fragen gerne, oder Feedback, aber alles andere bitte weglassen! Fragt bitte nicht, wie viele ich schon verkauft habe, fragt bitte nicht, ob das bei nem "richtigen Verlag" veröffentlicht wurde, und fragt bitte nicht, wie viel ich da dran verdiene. (Um das mal vorweg zu nehmen: kaum was. nen kleines Taschengeld. Höchstens.).

Zu dem Thema "richtiger Verlag": BoD ist keiner, also nicht nach allgemeiner Definition. Allerdings habe ich einen Autorenverlag (Der übrigens den Fairlag-Standards entspricht), und meine Bücher sind im allgemeinen Handel erhältlich, und das sogar als E-book, was viele andere Verlage so ja nicht unbedingt machen. außerdem muss ich mich jetzt so nicht mit irgendwelchen Lektoren rumschlagen, die den Inhalt meiner Werke in irgendeiner Form bewerten. (Was man, je nach Ansicht, als Vorteil oder als nachteil deuten kann. ich persönlich sehe das ein Stückweit als Vorteil, da ich so im Endeffekt schreiben kann, was ich will. Ihr müsst's ja nicht lesen ;)). Also, ums so auszudrücken. Ich hab da kein Problem mit.

Anhang

~

Die Kunzt der Rächtzschreibung

Werther Leser!

Wie sie vielleicht bereitz festgestellt haben, habe ich mich sowohl bej diesem als auch im vorherigen Buch nicht unbedingt an die Rächtzschreibregelungen des Duden (Au verflixt, darf ich hier Duden schreiben, oder ist der Wort ein so allgemeiner Begriff, dass man ihn allgemein verwenden darf? Okay, vorsichtshalber: Duden ist eine Marke des Bertelsmann Verlages. Zufrieden?). Dies liegt zum einen daran, dass ich die dort vorgeschlagenen Schreibweisen nicht unbedingt alle verinnerlicht habe, zum anderen dadran, dass ich bestimmte Schreibweisen aus ästhetischen Gründen einfach ablehne. (Auf Ewig: Mayonnaise!) Andere Schreibweisen habe ich mir schlicht angewöhnt, teilweise um etwas zu verdeutlichen. So schreibe ich Phrasen wie "Gottweißwie" oder "Gottseidank" grundsätzlich zusammen und behandel sie wie ein Wort, da sie im allgemeinen Sprachgebrauch auch so verwendet werden. Eine andere Sache ist, dass ich Groß- und Kleinschreibung oft ignoriere. Das sind ehrlich gesagt meist Unfälle, die beim Tippen passieren, und die ich dann nicht mehr korrigiere. Das finde ich aber wenig schlimm, da dabei selten der Sinn verloren geht.

Aber um die Rächtzschreibfetischisten unter euch jetzt mal zu schocken: Ich darf das auch noch! Es ist mir durchaus erlaubt, Dinge in meinen Büchern und Werken so zu schreiben, wie ich es möchte, denn gesetzlich gesehen ist die deutsche Sprache nicht genormt. Es gibt eine Resolution des deutschen bundestags, laut der die deutsche Sprache dem Volk gehört und nicht genormt werden darf. Der Duden ist ein beschreibendes Werk, kein regelndes! Oder ums kurz zu sagen: Es ist meine Sprache, und ich schreibe sie, wie ich will! und solange dabei kein Sinn verloren geht, empfinde ich persönlich das übrigens als vollstens in Ordnung. ich wollte das nur mal festhalten.

Achja, übrigens: in diesem Text sind auch wieder einige, recht offensichtliche Fehler. Die stehen da zu demonstrationszwecken, und im allgemeinen zur Erheiterung.

Achja, nochmals übrigens: Sollten Sie in meinen Werken Rechtschreib- oder Grammatikfehler finden, behalten Sie sie, und ziehen Sie sie groß als wären es die eigenen!

Anhang

~

Ich verlor kein Wort

Vorwort

Der nachfolgende Text ist damals für meinen ersten PoetrySlam in meiner Heimatstadt Ibbenbüren entstanden. Er ist dabei eine Ausweitung des Gedichtes "Ich verlor kein Wort", das im Lyrikband "Der Tag, an dem die Zeit in einen See fiel und ertrank" zu finden ist. er findet sich nun an dieser Stelle wieder, da er sich auf ein ganz bestimmtes Geschehenis bzw. auf eine bestimmte Epoche aus meinem noch jungen Leben bezieht, das bzw. die auch zur Inspiration für "Die Stadt" beitrug Es ist das aller erste mal, dass ich einen Slamtext von mir abseits der Bühne veröffentliche.

Ich verlor kein Wort

Ich bin ein chaotischer Mensch. Man muss sich nur meinen Schreibtisch anschauen, um das herauszufinden. Dort herrscht ein mächtiges, alles verschlingendes Chaos. Dabei ist das total total untypisch für das Sternzeichen Jungfrau. Ich hab dort oft einiges verloren, öfters meinen Schlüssel, Busfahrkarten, Briefe, ganze Buchreihen. Aber es gibt eine Sache, die ich nie verlor. Ich habe nie ein wort verloren. Habe sie noch immer alle beisammen, auch wenns oft nicht so scheint. Dabei habe ich mit ihnen jongliert, sie in Sätze sortiert, und zuletzt in meinen Texten kategorisiert. Aber ich weiß immer genau, wo ich sie hab. Auf Zetteln, in Büchern, in meinem Herzen.

Worte haben mich immer faszinierend, jedes von ihnen hat seine Bedeutung, sie können so präzise sein, beinahe mathematisch, aber dennoch sind viele von ihnen Kunstvoll geformt, und Kunstvoll formbar. Lieblingswörter wie Phantasmagorie schweben durch meinen Geist. Aber Wörter können auch Phantasmagorien sein, Trugbilder, mehr Schein als Sein. Man kann mit ihnen betrügen, Menschen belügen, vor allem aber kann man sie Missverstehen, und das kann schmerzen. Man kann mit ihnen zaubern, zum guten, und zum schlechten. Um mein Idol, Asp, zu zitieren: „Abrakadabra, Worte sind Waffen, sie können dich zerbrechen". Jeder von uns hat wohl schon ein Wort im Zorn gesagt, und es bereut, und sich bitterlich dafür selbst angeklagt.

Worte zu sammeln, war mein Hobby, sie zu veredeln, war mein streben, wegen all der Ungereimtheiten, in den sie vollkommen verweilten. Vollkommen, Perfekt, diese Worte sind missverstanden. Sie meinen nicht Fehlerlos, nein, sie meinen, es ist gut, wie es ist.

Und gut, wie es ist, war es auch als ich bei dir war, in deinen armen, dir nahe, still, wunderbar. Ich habe diesen Moment genossen, habe Worte gefunden, sie in mir eingeschlossen, ich wollte sie nicht verlieren. Habe sie am Abend sorgsam aufgeschrieben, und sie still und heimlich verschwiegen. Ich habe sie, wie ich es gewohnt war, in Sätze sortiert, und in einem Text kategorisiert. Dort stand, was du mir warst, klar und deutlich auf Papier, und es war sichtlich viel. Und dann kam der Tag, wie er kam, unterm Sternenhimmel, du warst da, genauso wie ich es war. Wir warn uns nah, doch nicht nah genug,und das alles hatte einen Grund. Du standst vor mir, wunderschön mit deinen roten Haaren, und mir fehlten die Worte. Wie kann das sein, frag ich mich, doch ich weiß es, sicherlich sind die Worte, die ich in mir eingeschlossen, achtlos einst auf Papier geflossen, aber nicht dorthin wo sie sollten, in meinen Mund, und in dein Ohr. Ich verlor nie ein Wort, und das beklag ich bitterlich. Ich verlor nie ein Wort, aber ich verlor dich.

ENDE

Vielen Dank für's Lesen!
Ich hoffe, es hat Freude bereitet!

Ebenfalls von Tobias Bischoff bei BoD erschienen:

Der Tag, an dem die Zeit in einen See fiel und ertrank

Moderne Lyrik

ISBN: 978-3848207206

"Wir alle haben in unserem Leben schon Momente gehabt, in der die Zeit irrelevant war, oder es sich anfühlte, als ob die Zeit still stünde, quasi ertrunken wäre. Diese Momente haben in unserem Leben eine wichtige Bedeutung, sie diktieren emotionale Rahmenbedingungen, sie spannen und entspannen, wenden das Blatt, verändern alles zum Guten oder zum Schlechten. Die Zeitlosigkeit hat also für uns und unsere Gesellschaft eine wesentliche Bedeutung."

In seinem ersten Lyrikband präsentiert Tobias Bischoff Momentaufnahmen aus seinem Leben. Mal naturverbunden, mal melancholisch, mal heiter, mal kraftvoll beschreibt er in den Gedichten andere Welten, in denen die Zeit wie ertrunken ist.

Zitiert auf Seite 7:
Ernst Theodor Amadeus Hoffmann, aus "Die Elixiere des
Teufels", erschienen 1815/1816

Zitiert auf Seite 103
Alexander Frank Spreng, genannt Asp, Frontmann, Sänger und
Texter der Band ASP, aus "Verwandlungen I -III", erschienen
2008 bei Trisol auf dem Album "Zaubererbruder - Der Krabat--
Liederzyklus".